Le prince de mes rêves

Rachel Flynn
Illustrations de Nadine Van der Straeten

Le prince de mes rêves

RAGEOT

Cet ouvrage a paru sous le titre
The Third Prince.

Traduction d'Ariane Bataille.

ISBN 978-2-7002-3373-5
ISSN 1951-5758

Chapitre 1

La princesse Glorie prit le seul cadeau qu'elle n'avait pas encore ouvert. C'était le plus petit de tous – une boîte minuscule qu'elle avait failli jeter avec les papiers d'emballage. Elle découvrit à l'intérieur un parchemin sur lequel il était inscrit :

Graines magiques
Déposer sur chaque graine un baiser
En murmurant un vœu très secret.
Laisser ensuite le vent l'emporter
Et attendre qu'il veuille bien l'exaucer.

Glorie ferma les yeux. Elle savait exactement ce qu'elle allait demander. Elle chercha une carte ou un mot de la personne qui lui avait offert ce cadeau. En vain. Elle n'en trouva pas, ni sur son bureau ni par terre. Elle examina alors la boîte sous toutes les coutures, relut le mode d'emploi et fit rouler les graines dans sa paume. Difficile de croire qu'elles possédaient un pouvoir magique. Et pourtant elle avait déjà entendu raconter des histoires de vœux exaucés, alors elle décida de tenter sa chance.

Elle choisit une graine, l'embrassa et déclara :

– Je souhaite qu'il existe, je souhaite qu'il vienne,
Poussé sur l'océan par le vent de la nuit.
Je souhaite qu'il existe, je souhaite qu'il vienne,
Le prince charmant qui m'aimera toute la vie.

Elle lança la graine par la fenêtre nord de sa chambre perchée tout en haut de la tour et la regarda s'évanouir dans le vent.

La graine disparut ; elle avait dû tomber sur les rochers en contrebas et être engloutie par les flots.

La princesse Glorie s'allongea sur son royal canapé en forme de banane, ferma les yeux et se mit à songer au prince qui devait déjà voguer vers elle sur les flots tumultueux du vaste océan.

Elle l'imaginait debout à la barre de son fabuleux voilier, les yeux fixés sur l'horizon, guettant l'apparition du palais sur la falaise. Les vagues se fracassaient sur les rochers, au pied de la tour qui se dressait dans la nuit étoilée. Savait-il que, dans sa chambre, elle rêvait à ses yeux bleu cobalt, à sa peau hâlée…

À cet instant, un coup frappé à la porte la fit sursauter. La princesse Glorie se redressa, et aussitôt le prince de ses rêves disparut.

– Qui est là ? demanda-t-elle d'un ton légèrement agacé car elle n'aimait pas être dérangée quand elle rêvait.

– Léon, le poète du palais, pour vous servir, Royale Princesse Glorie. Le roi et la reine m'ont demandé de vous informer que le dîner était servi et qu'il serait dommage de le laisser refroidir. Ils disent aussi que…

– D'accord, d'accord, j'arrive ! Inutile d'insister.

Avant de quitter sa chambre, Glorie jeta un coup d'œil par la fenêtre nord. Mais aucune voile n'était visible à l'horizon. Elle soupira.

Chapitre 2

La princesse dévala les escaliers à toute allure en relevant ses jupes pour ne pas s'y prendre les pieds. Elle en portait quatre superposées l'une sur l'autre et faites de quatre étoffes différentes – satin, tulle, soie et dentelle – comme le voulait la mode.

De sa chambre dans la tour jusqu'à la salle à manger, il y avait cinquante-trois marches, quatre paliers et trois couloirs.

Elle déboucha finalement dans la pièce où sa mère, la reine, et son père, le roi, l'attendaient. Comme d'habitude, elle les embrassa et ils l'embrassèrent.

– Bonsoir, ma petite Glorie, dit le roi.

– Que se passe-t-il ma chérie ? demanda la reine. Tu as l'air surexcitée !

Glorie pensa aux graines magiques, à son vœu, et au prince qui devait déjà être en chemin.

– J'étais en train de ranger ma chambre… commença-t-elle.

– Quel miracle ! s'exclama le roi.

– ... quand j'ai trouvé un dernier cadeau.

– Comme si cent cadeaux n'étaient pas suffisants pour une seule princesse, observa le roi.

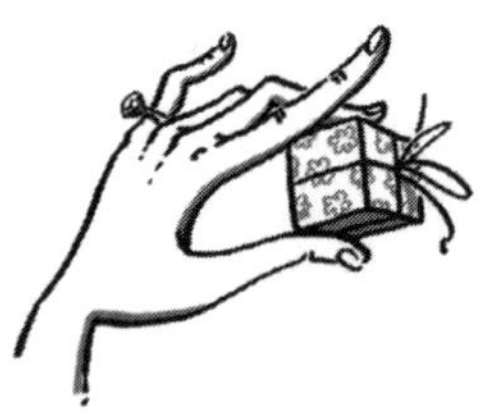

– Il n'y avait pourtant que cent invités, remarqua la reine.

– Et un cent unième cadeau, dit Glorie. Emballé dans une boîte si petite et ordinaire que j'ai failli la jeter ! déclara Glorie.

– Et qui t'a fait ce cadeau ? demanda le roi.

– Aucune idée. Il n'y avait pas de carte.

– Il n'y avait pourtant que cent invités, répéta la reine. Comment as-tu pu recevoir cent un cadeaux ?

– Peut-être m'a-t-il été envoyé par quelqu'un qui n'était pas invité.

– Quelqu'un que nous aurions oublié ? suggéra la reine.

– À moins qu'il ne s'agisse d'un domestique ? suggéra le roi.

– Ou que quelqu'un t'ait fait deux cadeaux ?

– Il peut aussi avoir été envoyé par un ennemi du royaume…

– Nous avons des ennemis ? s'étonna la reine.

Le roi haussa les épaules et enfourna une énorme bouchée d'oie rôtie.

– Possible, dit-il, la bouche pleine.

– Et quel est ce cadeau ? voulut savoir la reine.

Glorie remplit son assiette de carottes et de brocolis avant de répondre :

– Une petite boîte de graines magiques censées exaucer les vœux.

Le roi se figea net, la fourchette en l'air.

– Des graines magiques capables d'exaucer des vœux ? Je me demande quelle est leur valeur marchande… Et ça marche vraiment ? s'informa le roi.

– Je ne le sais pas encore, dit Glorie.

– La magie, ça marche depuis toujours, affirma la reine. Quel vœu as-tu fait, ma chérie ?

– Je ne peux pas le révéler, sinon il ne se réalisera pas.

– Et comment procède-t-on ? insista le roi.

– Il faut embrasser la graine, lui murmurer son vœu, puis la lancer dans le vent, expliqua Glorie.

Le roi hocha la tête.

– J'imagine que chaque graine ne sert qu'une fois… Tu m'en donnes une, ma poussinette ?

Glorie le regarda avec des yeux ronds, mais la reine répondit à la place de sa fille :

– C'est impossible, mon chou. Glorie a certainement trois vœux très importants à faire. Et puis qu'est-ce que tu demanderais, de toute façon ?

– De l'argent, naturellement.

– Mais enfin, Georges, la salle des coffres en est remplie !

– Oui, mais j'ai un palais plein de gens qu'il faut payer chaque semaine. À ce propos, tu viens d'engager un poète, n'est-ce pas ? Un poète à qui je dois verser cinq pièces d'or chaque vendredi ! Avons-nous vraiment besoin d'un poète ?

– C'est un jeune homme tellement charmant. Tu sais que je ne renvoie jamais ceux qui viennent frapper à la porte du palais. Et oui, nous avons absolument besoin d'un poète. Tous les palais en possèdent un.

– Et les quinze jeunes couturières que tu as recrutées le mois dernier? Avons-nous vraiment besoin de tant de couturières ?

– Elles sont sœurs, expliqua la reine. Je ne pouvais pas en engager une sans engager les autres.

– Mais enfin, ma chère, une jeune couturière est aussi efficace avec une machine à coudre que quinze jeunes couturières sans machine. Et elle est aussi plus silencieuse !

– Ne vaut-il pas mieux employer quinze jeunes couturières plutôt qu'une seule machine ? rétorqua la reine. Et puis tu sais, les gens paient beaucoup plus cher des vêtements cousus main.

– Ah oui ? s'étonna le roi en enfournant une grosse pomme de terre.

Glorie observa ses parents en souriant, puis elle pensa au prince qu'elle avait appelé de ses vœux et rougit. Elle l'imagina voguant au clair de lune sur une mer d'argent. Au matin il serait là.

Chapitre 3

Cette nuit-là, la princesse dormit d'un sommeil agité. Elle se leva plusieurs fois pour scruter la mer par la fenêtre nord de sa chambre. Mais elle ne vit rien d'autre que des creux noirs et des crêtes argentées.

À chaque fois qu'elle se relevait pour regarder dehors, la lune avait progressé dans le ciel en laissant derrière elle une traînée de lumière sur la baie. Elle entendait les vagues s'écraser contre les rochers à l'intérieur des grottes. Puis le ciel finit par s'éclaircir et se teinter de rouge.

Mais quand la nuit laissa place au matin, le prince n'était toujours pas là.

Elle attendit toute la journée. En vain.

En fin d'après-midi, après sa séance de broderie obligatoire au salon, elle grimpa en courant jusqu'à sa chambre et ouvrit la petite boîte dont elle tira une graine magique.

Mais avant de l'utiliser elle relut attentivement le mode d'emploi pour s'assurer qu'elle l'avait bien respecté.

Graines magiques

Déposer sur chaque graine un baiser
En murmurant un vœu très secret.
Laisser ensuite le vent l'emporter
Et attendre qu'il veuille bien l'exaucer.

Glorie choisit une graine et s'apprêtait à l'embrasser quand elle hésita. Ne se montrait-elle pas trop impatiente ? Le prince était peut-être presque arrivé. Si elle attendait encore un tout petit peu, peut-être allait-il accoster, descendre sur le quai à grandes enjambées, gravir en courant les cinq cents marches qui le mèneraient aux grilles du palais, remonter d'un pas alerte l'allée dallée qui traversait les jardins et, enfin, frapper à la porte d'un air décidé. Mais elle n'hésita pas longtemps parce qu'elle n'avait aucune patience.

Elle embrassa la deuxième graine et déclara :

– Je souhaite qu'il existe, je souhaite qu'il vienne,
Poussé sur l'océan par le vent de la nuit.
Je souhaite qu'il existe, je souhaite qu'il vienne,
Le prince charmant qui m'aimera toute la vie.

Cette fois, elle lança la graine par la fenêtre ouest, dans la brise du soir d'été.

Elle la regarda filer à la vitesse de l'éclair vers les Grandes Montagnes Pourpres, puis la perdit de vue.

Ensuite, elle s'allongea sur son royal canapé en forme de banane, ferma les yeux et se mit à songer au prince qui survolait déjà les redoutables pics dentelés.

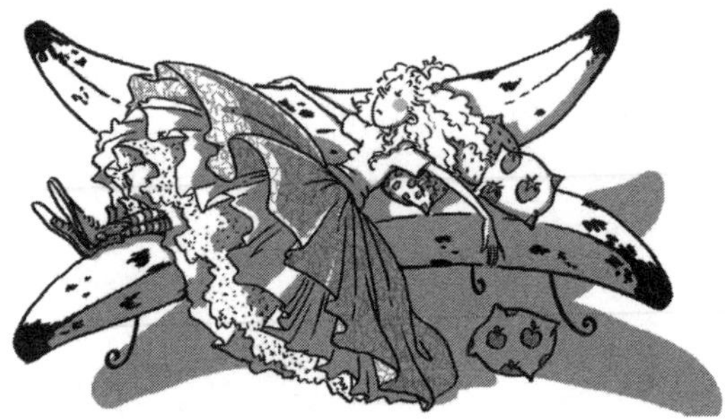

Elle l'imagina dans son merveilleux dirigeable, admirant le paysage baigné par le clair de lune. Soudain, il apercevait le palais étincelant entre les montagnes et la mer, et distinguait la tour qui se dressait dans la nuit étoilée. Savait-il qu'elle était là, dans sa chambre en haut de la tour, rêvant à ses cheveux noirs comme le jais et à ses mains chaudes et puissantes ?

Un coup frappé à la porte la fit sursauter. La princesse Glorie se redressa et son fabuleux prince imaginaire disparut.

– Qui est là ? demanda-t-elle d'une voix impatiente.

Elle n'aimait pas du tout être dérangée quand elle rêvait.

– Léon, le poète. Je viens de la part de la couturière vous avertir qu'il est l'heure d'essayer votre robe. Elle vous attend à l'atelier. Voudriez-vous avoir l'obligeance de descendre, s'il vous plaît ? Elle a dit que…

– D'accord, d'accord, j'arrive ! Pas la peine d'insister.

Elle jeta un coup d'œil par la fenêtre ouest, pour s'assurer que le prince n'était pas arrivé. Mais entre le palais et les montagnes, le ciel était aussi vide que sa vie.

Elle soupira et partit essayer sa nouvelle robe. Il fallait qu'elle soit prête pour le bal qui serait donné au palais à la fin de la semaine.

Chapitre 4

L'atelier de couture était très éloigné de la chambre tout en haut de la tour. Quand Glorie y arriva enfin, sa robe l'attendait, suspendue à un cintre.

Glorie avait l'habitude de porter au moins quatre jupes superposées – un jupon, un surjupon, une jupe et une surjupe. Dans les grandes occasions, elle ajoutait même une sur-surjupe. Mais sa robe de bal était simple : elle ne comprenait qu'une seule épaisseur de tissu, aucun volant, ni fronce ni bouton, et pas le moindre ruban.

Glorie ôta ses jupes de satin, de tulle, de soie et de dentelle, enfila sa nouvelle robe, puis se regarda dans le miroir. Le tissu tombait avec beaucoup de grâce, d'élégance et de chic.

– Elle vous va à ravir, princesse, dit la couturière. Et vous serez la première à porter ce tissu, qui vient juste d'être créé. Puis-je appeler les couturières pour qu'elles vous voient ?

– Bien sûr, répondit Glorie en se tournant à nouveau vers le miroir.

Sur un geste de la couturière, un groupe de jeunes filles pénétra timidement dans le salon d'essayage.

– Chacune d'elles a participé à la fabrication de cette robe, expliqua la couturière. Céline est la spécialiste des coutures invisibles. On ne distingue pas ses points tellement ils sont fins. Miranda est experte en broderie perlée.

Voyez le travail délicat qu'elle a accompli sur le corsage. Elle a aussi cousu les petites clochettes. Quand vous danserez, princesse, le tissu ondulera autour de vous comme de l'eau, et tintinnabulera comme une nuée de fées de jardin.

Glorie esquissa quelques pas de danse avec un prince imaginaire et comprit ce que la couturière voulait dire. Le son discret des clochettes évoquait effectivement un millier de fées folâtrant dans le parc du palais. Elle se tourna vers les quinze couturières et leur demanda :

– Viendrez-vous au bal ?

– En avons-nous la permission ?

– Bien sûr. Tous les habitants du palais sont invités. Vous devez porter des robes magnifiques – pas aussi magnifiques que la mienne, bien sûr, mais magnifiques tout de même. Et vous devrez danser avec vos petits amis... Avez-vous des petits amis ?

Les jeunes couturières se regardèrent en pouffant de rire.

– Nous déjeunons avec les garçons de la salle des cartes, expliqua l'une d'entre elles. Alana sort avec Hilarion, qui est employé à l'orangeraie, et...

– Ça suffit, mesdemoiselles, coupa la couturière. Retournez travailler.

– Et nous prenons des leçons de danse, ajouta la jeune fille avant de s'éclipser.

Glorie les regarda s'éloigner vers l'atelier de couture. Puis elle pensa au prince de ses rêves et l'imagina flottant entre les Grandes Montagnes Pourpres et le ciel crépusculaire. Au matin il serait là.

Chapitre 5

Glorie passa de nouveau une nuit agitée. Son matelas de plumes n'était pas assez moelleux et sa courtepointe en coton n'était pas assez légère à son goût.

Elle se réveilla à intervalles réguliers pour jeter un coup d'œil par la fenêtre ouest. Les nuages recouvraient le sommet des montagnes ne laissant entrevoir que de rares étoiles. La plainte du vent était comme un murmure. Le ciel finit par s'éclaircir et se teinter de rouge.

Mais, quand la nuit laissa finalement place au matin, le prince n'était toujours pas là.

Elle attendit toute la journée, en vain.

En fin d'après-midi, après avoir aidé le roi à compter ses nouveaux lingots d'argent, elle grimpa en courant jusqu'à sa chambre tout en haut de la tour, et sortit la troisième et dernière graine de la boîte.

C'était sa dernière chance. Ne devrait-elle pas faire un vœu différent ? Mais elle n'hésita pas longtemps, car elle ne voulait qu'une seule chose. Alors, comme les fois précédentes, elle embrassa la graine et déclara :

– Je souhaite qu'il existe, je souhaite qu'il vienne,
Galopant au milieu des orages de la nuit.
Je souhaite qu'il existe, je souhaite qu'il vienne,
Le prince charmant qui m'aimera toute la vie.

Cette fois, elle lança la graine par la fenêtre sud, en direction de la forêt sombre et profonde. La graine disparut immédiatement dans la brume qui se levait. Glorie frissonna en voyant le ciel s'alourdir de gros nuages d'orage et ferma la fenêtre.

– Et je souhaite qu'il se dépêche, ajouta-t-elle en s'allongeant sur son royal canapé en forme de banane.

Ensuite, elle ferma les yeux et se mit à songer au prince qui devait traverser à cheval la forêt sombre et profonde. Elle l'imagina sur son étalon d'argent, galopant vers le palais.

La foudre et les éclairs se déchaînaient autour de lui, illuminant sa route. Voyait-il déjà le palais entre les arbres géants, et la tour au milieu des nuages en furie ?

Savait-il qu'elle était là, dans sa chambre tout en haut de la tour, rêvant à son doux sourire et aux exploits dont témoignait son impressionnante cicatrice ?

Soudain, un coup frappé à la porte la fit sursauter et le prince vaillant disparut.

– Qui est là ? demanda-t-elle, irritée.

Elle n'aimait pas du tout du tout être dérangée quand elle rêvait.

– Le poète Léon. Je suis porteur d'un message important pour Votre Altesse. Un prince charmant vient d'arriver au palais. Vos parents vous attendent dans la salle du trône pour le recevoir.

La princesse sauta sur ses pieds, le cœur battant.

– Le voilà ! s'écria-t-elle. Enfin !

Chapitre 6

Elle ouvrit la porte de sa chambre à la volée, dévala l'escalier en colimaçon, traversa le grand salon, et s'immobilisa devant la salle du trône.

Avant d'entrer, elle reprit son souffle et lissa ses jupes et ses jupons. Elle avait à peine remarqué que Léon le poète l'avait suivie.

Pendant qu'elle se composait une attitude digne d'une princesse, il se glissa dans la salle pour annoncer :

– Sa Gracieuse Altesse la princesse Glorie Eugénie Prudence, fille unique du roi Georges et de la reine Georgiana de…

– Ça suffit, chuchota Glorie. Pas la peine d'en rajouter. Il n'y a que papa et maman ici. Ils savent qui je suis.

Elle s'avança dans la pièce et gravit les cent marches en haut desquelles le roi, son père, et la reine, sa mère, l'attendaient.

Comme d'habitude, elle les embrassa et ils l'embrassèrent.

– Bonsoir, ma petite Glorie, dit le roi.

– Comment vas-tu ma chérie ? demanda la reine. Tu attendais la visite d'un prince aujourd'hui ?

– Euh…

Mais tous trois se tournèrent vers la porte car Léon le poète annonçait :

– Le prince de l'île de l'Étoile Polaire, fils aîné du roi Orrick et de la reine Irène, le prince charmant Edmond.

Le roi et la reine se regardèrent puis hochèrent la tête en souriant.

– Excellente famille, dit la reine. J'étais à l'école avec sa mère.

– Et très riche, ajouta le roi. Elle possède au moins dix châteaux et une flotte de bateaux.

La princesse Glorie regarda le prince Edmond s'avancer vers elle à grandes enjambées et sentit son cœur cogner dans sa poitrine. Était-ce lui, le prince de ses rêves ? Il était noble, portait au cou une amulette en forme d'étoile, et avait franchi les mers, depuis l'île de l'Étoile Polaire, pour la rencontrer.

Pourtant quand il s'approcha, elle comprit qu'il n'était pas celui qu'elle attendait. Ses cheveux n'étaient pas noir de jais, ses yeux n'étaient pas bleu cobalt. Elle n'aurait su expliquer pourquoi, mais il n'était pas le prince de ses rêves. Pourtant, il avait l'air doux et charmant. Le cœur serré, elle se leva pour l'accueillir et lui adressa un sourire princier.

Au moment où il s'agenouilla devant elle pour lui baiser la main, elle se demanda si ses deux autres vœux seraient eux aussi exaucés.

Le roi et la reine bavardèrent avec le prince Edmond et lui offrirent du thé servi dans une tasse royale, accompagné d'une part de tarte royale servie sur une assiette en porcelaine royale.

C'est alors que le poète Léon les surprit tous en annonçant :

– Le prince du pays des Terres Intérieures, fils cadet de l'empereur Fiero et de l'impératrice Chichi, le prince charmant Oswald.

La princesse leva les yeux. C'était peut-être lui, le prince de ses rêves ! Elle sentit son cœur battre à nouveau dans sa poitrine et tourna la tête pour le voir franchir le seuil de la salle du trône.

Chapitre 7

Le prince Oswald portait un manteau orné de plumes aux couleurs du pays des Terres Intérieures, et les talons de ses bottes noires claquaient sur les dalles de marbre de la salle du trône qu'il traversa à larges enjambées.

La princesse Glorie le regarda gravir les cent marches qui menaient jusqu'à elle. En découvrant qu'il avait les cheveux noirs de jais comme le prince de ses rêves, elle sentit son cœur battre dans sa poitrine.

Elle essaya de se calmer en respirant lentement.

Avant qu'il ne s'incline devant elle, elle eut le temps d'apercevoir la cicatrice grandiose qui lui barrait le visage, du sourcil au menton.

Dès qu'elle croisa son regard, elle comprit toutefois que ce n'était pas non plus le prince qu'elle souhaitait. Il n'avait pas du tout l'air d'être amoureux d'elle ; il la regardait comme il aurait regardé n'importe quelle princesse.

Mais comme il était beau, charmant et gentil, elle lui tendit sa main à baiser et lui souhaita la bienvenue au palais.

– Excellente famille, glissa discrètement la reine au roi. Je me rappelle avoir fait des randonnées en montagne avec sa mère.

– Et très riche, ajouta le roi. Au moins deux mille éléphants. Cependant, le prince Oswald du pays des Terres Intérieures n'est que le cadet.

La princesse Glorie se tourna vers la grande fenêtre de la salle du trône en se demandant si un troisième prince allait se présenter.

Le voilier du prince Edmond mouillé dans la baie étincelait au soleil couchant. Il avait traversé l'océan, poussé par le vent, exactement comme elle l'avait demandé à la graine magique.

Le ballon du prince Oswald, arrimé dans la cour d'honneur, jetait de tous côtés des lueurs rouges, orange et pourpres. Il avait survolé les montagnes, poussé par les courants comme elle l'avait demandé.

Peut-être le troisième prince éperonnait-il en ce moment même sa monture dans la forêt, aiguillonné par le vent glacé du sud ? Glorie l'imagina sur son étalon d'argent, son épée scintillante à la main. Puis elle s'interrogea : s'arrêterait-il dès qu'il apercevrait le palais ? Saurait-il qu'elle l'attendait ?

Bien que cela lui fût très difficile, elle décida d'être patiente et offrit des petits gâteaux royaux aux deux princes qui avaient pris place chacun à une extrémité du canapé royal et se dévisageaient avec méfiance.

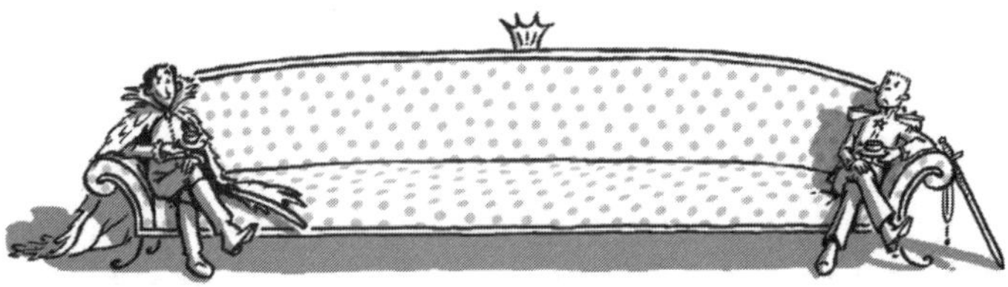

Ce soir-là, allongée sur son matelas de plumes, la princesse Glorie songea au troisième prince, le vrai. Il arriverait d'un instant à l'autre, maintenant.

Elle imagina l'éclat de sa peau hâlée dans la forêt sombre et profonde. Puis elle se dit qu'il devait y faire très froid la nuit. Elle se souvint alors des vieilles histoires qu'on racontait sur les ogres, les trolls et les bêtes sauvages qui y rôdaient, et se demanda si elles étaient vraies.

En entendant le tonnerre gronder, en voyant les éclairs déchirer le ciel, elle regretta de ne pas avoir souhaité un bon voyage à son prince. Mais il était trop tard maintenant, elle avait utilisé les trois graines magiques.

Chapitre 8

Le lendemain, au petit-déjeuner, le prince Edmond et le prince Oswald prirent place du même côté de la longue table, mais le plus loin possible l'un de l'autre. La princesse Glorie s'assit en face, au milieu, et le roi et la reine à chaque extrémité. Glorie regarda le prince Oswald étaler du beurre de haddock sur son toast et le prince Edmond couper des rondelles de banane dans son porridge.

– Il n'est venu personne d'autre, maman ? demanda-t-elle.

– Personne, ma chérie.

– Deux princes ne te suffisent-ils pas? s'étonna le roi. Il y en a pourtant déjà un de trop, si tu veux mon avis.

La princesse approuva.

– J'ai une épreuve à leur faire passer qui les départagera.

Les deux princes se redressèrent légèrement et se regardèrent.

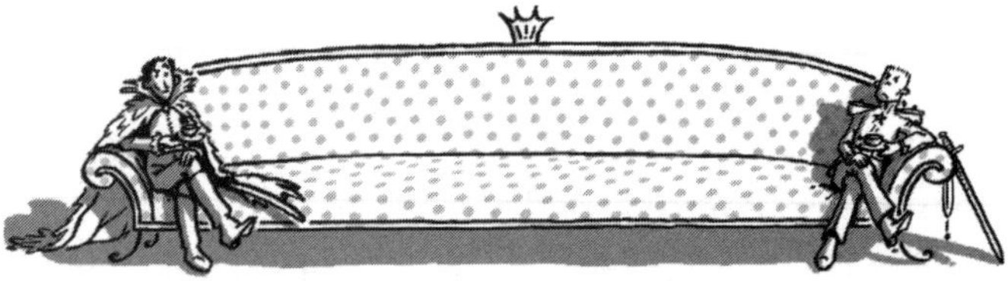

– Une fleur extraordinaire pousse au sommet de la montagne Pompon, sur l'île du Croissant de Lune, expliqua-t-elle.

– Ah, oui, la fleur de lune, dit le prince Edmond, j'ai entendu parler de sa beauté exceptionnelle.

– J'ai aussi entendu parler des récifs très dangereux qui entourent l'île, dit le prince Oswald.

– Il paraît que son parfum est merveilleusement exotique ! s'exclama la reine.

– Il paraît qu'elle s'échange sur le marché contre dix éléphants, dit le roi entre deux cuillerées de gelée de framboise royale.

– J'en veux une avant la fin de la semaine, annonça Glorie. Pour la mettre dans mes cheveux, le soir du bal.

Le silence se fit soudain et tous les regards se posèrent sur Glorie, qui buvait sa tasse de lait chaud.

– Rien de plus simple ! finit par déclarer le prince Edmond. Je pars immédiatement vous cueillir la plus belle fleur de lune qui puisse exister.

Et il se leva.

Le prince Oswald se leva à son tour.

– Je vous en cueillerai une encore plus belle, princesse. Et je reviendrai le premier.

– Je vous en rapporterai un bouquet, renchérit le prince Edmond.

– Je vous en rapporterai un bouquet encore plus gros, renchérit à son tour le prince Oswald.

Puis ils quittèrent la salle à reculons en saluant profondément, bien décidés à respecter le protocole jusqu'au bout, mais aussi à quitter la pièce le premier.

– Et la deuxième épreuve, murmura la princesse après leur départ, consistera à m'écrire un poème d'amour.

– Je vois que tu leur as donné la tâche la plus facile d'abord, dit la reine.

– Un poème d'amour ? fit le roi. Ça se vend bien ?

Chapitre 9

Le roi, la reine et la princesse terminaient à peine leur petit-déjeuner quand on frappa à la porte.

– Qui est là ? hurla le roi, car la table royale était située à l'autre bout de l'immense pièce, très loin de l'entrée.

– Léon, le poète. J'ai un paquet à remettre à la princesse. Il vient juste d'arriver, et…

Avant qu'il ait achevé sa phrase, la princesse s'était précipitée à la porte.

– Un paquet pour moi ? s'écria-t-elle en déchirant le papier d'emballage sans regarder Léon. D'où vient-il ? Quelle jolie boîte ! Oh, regarde, maman, c'est une fleur de lune ! Elle est aussi fraîche que si elle venait d'être cueillie. Pourtant, ni le prince Edmond ni le prince Oswald n'ont eu le temps d'escalader la montagne Pompon et d'en revenir ! D'où vient ce paquet ?

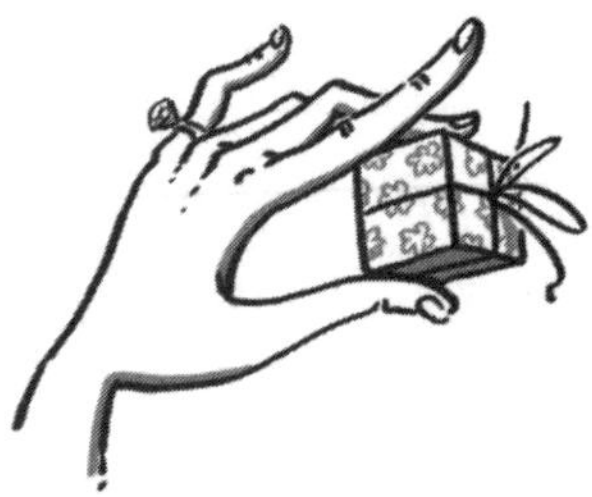

Elle se retourna vers Léon, mais il avait disparu.

La reine s'approcha pour admirer la merveilleuse fleur de lune dont le parfum exotique lui fit tourner la tête. Heureusement, le roi eut le temps de la rattraper avant qu'elle ne tombe en pâmoison.

– Hummm, fit-il, cette fragrance vaudrait la peine d'être mise en flacon. Je me demande combien on pourrait la vendre.

La princesse emporta la fleur de lune dans sa chambre tout en haut de la tour et la déposa dans un grand vase. Puis elle retourna la boîte et le papier d'emballage en tous sens à la recherche d'un mot de la personne qui l'avait envoyée. Elle ne trouva rien.

À la fois euphorique et déçue, elle posa le vase sur le rebord de la fenêtre est qui ouvrait sur les jardins du palais, et partit vaquer à ses occupations. Elle suivit ses cours de dessin, d'étiquette, de musique, de danse, de poésie, de conversation et de télécommunications dans la salle d'études.

L'après-midi, elle aida sa mère au salon. Elles brodaient ensemble une tapisserie immense qui serait un jour accrochée dans la salle du trône près des autres tapisseries immenses qu'avaient réalisées les autres reines avant elles.

Cette tapisserie représentait le palais et ses jardins entourés d'une frise des fleurs favorites de la reine Georgiana, des serincanthes bleues. Glorie tissait les tuiles du toit avec un fil d'argent.

– Maman ? Depuis quand travailles-tu à cette tapisserie ? demanda-t-elle.

– Je l'ai commencée avant ta naissance, ma chérie. Il est inutile de se presser quand on fait une tapisserie. Tu vois ces oiseaux bleus dans le ciel? C'est ma chère mère qui les a brodés quand je me suis mariée avec ton père. Et ces oranges dans les arbres, ce sont mes amies de pensionnat qui les ont faites. Elles sont venues séjourner au palais quand tu étais un bébé. Nous nous asseyions au salon en évoquant nos souvenirs pendant que tu gazouillais dans ton berceau. Le verger venait d'être planté. Regarde par la fenêtre, tu verras comme les arbres sont grands maintenant.

Glorie laissa pendouiller son fil d'argent et son aiguille et se pencha à la fenêtre. Elle espérait voir le troisième prince surgir au galop dans l'allée menant à la porte du palais, mais elle ne vit que les jardiniers assis sous la pergola qui buvaient du thé et mangeaient des petits gâteaux.

Le lendemain matin, le troisième prince n'était toujours pas arrivé. La princesse Glorie se dit qu'elle n'aurait sûrement pas la patience d'attendre plus longtemps, car elle n'était pas patiente du tout.

Chapitre 10

Le lendemain après-midi, une fois ses devoirs terminés, la princesse Glorie s'allongea sur son royal canapé en forme de banane pour admirer la fleur de lune dont la blancheur aussi douce que celle de la lune montante se teintait de rose comme les nuages du soir.

Elle se demanda à nouveau qui la lui avait envoyée. Ce ne pouvait être ni Edmond ni Oswald. Et si c'était le troisième prince ? Elle se redressa, soudain certaine qu'il était déjà là.

« Oui, se dit Glorie, il est sûrement arrivé au palais en secret... Mais je vais le trouver ! »

Elle envoya valser les coussins du canapé et se leva d'un bond. Elle enroula ses cheveux en chignon, enfila ses grosses chaussures de randonnée, et passa une vieille pèlerine par-dessus sa jupe de satin, de tulle, de dentelle et de soie afin que personne ne la reconnaisse.

Contemplant son reflet dans le miroir, elle dit calmement :

– Pour commencer, je vais le chercher dans le palais. Si je ne le trouve pas, je le chercherai dans les jardins.

Après réflexion, elle poursuivit :

– Si je ne le trouve toujours pas, je franchirai les grilles pour retrouver mes graines magiques. Je regarderai le long des falaises où se cachent les pirates, le long de l'enceinte du palais qui borde les montagnes... Peut-être même que je m'aventurerai dans la forêt sombre et profonde.

Elle frissonna.

– Mais je n'irai pas très loin. Et dès que j'aurai trouvé une graine, je ferai un autre vœu. Je demanderai que mon prince se montre.

Au lieu de dévaler l'escalier de la tour comme elle en avait l'habitude, Glorie descendit lentement, sans faire de bruit, pour que le prince ne l'entende pas.

Après tout, il pouvait se trouver n'importe où. Il vivait peut-être au palais depuis longtemps, déguisé en marmiton, en garçon d'écurie ou en jardinier ! Et si c'était l'un des apprentis cartographes ? Ou l'un des musiciens de l'orchestre royal ?

Étourdie par les innombrables possibilités qui s'offraient à elle, Glorie s'arrêta sur le palier.

Un mouvement sur sa gauche la tira de ses réflexions. Par une porte entrouverte, elle aperçut la silhouette de Léon qui écrivait, courbé sur son bureau.

Il leva les yeux et leurs regards se croisèrent pour la première fois. Glorie n'avait jamais vraiment prêté attention à Léon. Ses yeux étaient d'un bleu aussi foncé que le ciel de la nuit et leur expression était très douce. Ils lui rappelaient quelqu'un.

– Puis-je vous aider ? demanda-t-il. Vous cherchez la princesse ?

Amusée que Léon ne la reconnaisse pas, Glorie sourit.

– En fait, c'est la princesse elle-même qui m'a confié une mission.

– Et quelle est cette mission?

– Trouver le troisième prince, répondit-elle.

Le poète se leva et s'avança vers elle. Elle eut à nouveau le sentiment qu'elle le connaissait déjà, peut-être à cause de la façon dont il inclinait la tête.

– Quel besoin a-t-elle d'un troisième prince? Deux ne lui suffisent pas?

– À quoi bon avoir deux princes à ses pieds si aucun d'eux n'est le bon? répondit Glorie.

– C'est juste, acquiesça le poète en hochant la tête.

Pour la troisième fois, Glorie fut certaine d'avoir déjà rencontré Léon. Des souvenirs d'enfance lui revinrent à la mémoire; elle se revit en train de jouer avec des amis dans une forêt sombre et profonde. Mais comment aurait-elle pu faire la connaissance de Léon?

– Se peut-il que nous ayons joué ensemble quand nous étions enfants ? lui demanda-t-elle soudain.

– Je l'ignore, mademoiselle. Je ne me rappelle pas mon enfance. Excusez-moi, mais je dois retourner travailler.

Comme il refermait la porte, la princesse Glorie se remit à descendre les marches sur la pointe des pieds en se demandant comment Léon avait pu tout oublier de son enfance. Si elle s'était retournée, elle l'aurait vu entrebâiller la porte pour la suivre des yeux. Mais elle s'éloigna sans un regard en arrière.

Chapitre 11

Le palais était composé d'une multitude de pièces, de couloirs, de paliers et d'escaliers. Il y avait d'immenses salles, comme la salle du trône ou la salle de bal, de grandes salles, comme la salle à manger ou la salle des coffres, des salles de dimension moyenne, comme la salle des cartes ou la salle d'études, et de petites salles, comme la salle des boîtes ou la salle des bottes. Et puis il y avait des chambres et des salons de toutes les tailles. On ne pouvait que s'y perdre.

La princesse Glorie fouilla partout, sans trouver de jeune homme susceptible d'être un prince. Enfin, elle pénétra dans la salle de bal où des jeunes gens et des jeunes filles dansaient tandis que, debout sur une estrade, le maître de danse frappait en rythme dans ses mains.

Soudain, Glorie fut happée par un jeune homme qui l'entraîna dans une polka. Heureusement qu'elle avait appris les pas lors de ses leçons particulières. Il la fit tourbillonner d'un bout à l'autre de la salle de bal en évitant les autres danseurs.

Fermement guidée par ses mains chaudes, Glorie ne quittait pas des yeux les boucles noires collées sur son front, mais bientôt le jeune homme l'abandonna sur le seuil de la porte.

– Viendrez-vous au bal ? demanda-t-il.

– Je ne le raterais sous aucun prétexte, répondit-elle.

– Réservez-moi une danse. Je m'appelle Victor. Vous vous en souviendrez ?

– Bien sûr, dit Glorie.

Victor prit une nouvelle cavalière dans ses bras et ils s'élancèrent sur la piste en valsant, laissant Glorie songeuse. Et si c'était lui, le troisième prince ?

Glorie sortit du palais et déboucha sur le perron surplombant le parc. À sa gauche, l'océan houleux qu'avait traversé le prince Edmond frappait les falaises et s'engouffrait dans les grottes. Derrière elle, les Grandes Montagnes Pourpres que le prince Oswald avait franchies s'élançaient vers le ciel au-dessus des toits du palais.

À sa droite la forêt sombre et profonde s'étendait de l'autre côté du mur d'enceinte. Elle espérait que le troisième prince, son prince, ne s'y était pas perdu.

Elle regretta à nouveau de ne pas pouvoir faire un autre vœu mais se consola à l'idée que le troisième prince, le vrai, était forcément déjà au palais. Après tout, la fleur de lune n'était-elle pas apparue dès qu'elle l'avait demandée ?

Devant elle, le parc était inondé de soleil. Là, quatre jardiniers jardinaient, trois tondeuses tondaient et deux fleuristes cueillaient des fleurs qui orneraient la salle de bal. La lumière de l'après-midi était si limpide qu'on pouvait presque compter les oranges sur les orangers.

Glorie remonta ses jupes avant de descendre en sautillant les vingt marches qui la séparaient de la cour. Puis elle boutonna sa vieille pèlerine, rabattit la capuche sur sa tête et se dirigea vers le parc.

Chapitre 12

Glorie flânait au milieu des parterres de fleurs, respirant le délicieux parfum des lyroses et des girocinthes, admirant les coloris subtils des hortenlipes et des glyvoines, quand une voix s'éleva :

– Tenez, voilà un panier, mam'selle. Remplissez-le de serincanthes bleues que vous porterez à Lupin. La reine réclame encore une douzaine de petits bouquets pour la salle de bal.

Glorie se retourna, surprise qu'on la prenne pour une apprentie fleuriste.

Puis elle se souvint qu'elle était déguisée. Cela expliquait que le jardinier ne l'ait pas reconnue. Elle fit donc ce qu'il lui demandait et s'en alla cueillir les fleurs délicates aux pétales bleus et violets.

Lorsque son panier fut plein, elle chercha Lupin. Il triait des fleurs à l'ombre d'une pergola. Il était si soigneux qu'il n'avait froissé aucun pétale, ni cassé aucune tige. De temps en temps, il glissait une fleur dans une cruche remplie d'eau.

– Pourquoi mettez-vous certaines fleurs dans cette cruche ? s'étonna Glorie.

– Ou elles sont trop grosses pour les petits bouquets de la salle de bal, ou leurs tiges sont trop courtes, expliqua Lupin. Comme je ne veux pas les jeter, je les garde pour ma mère. En voulez-vous ?

Sans attendre sa réponse, Lupin choisit trois mimosotis dont il enveloppa les tiges avec une petite bande de tissu, puis il tira en arrière la capuche de Glorie et les planta dans son chignon.

Alors Glorie s'interrogea : était-ce lui le troisième prince ? Non seulement il avait un gentil sourire mais il était doux et charmant.

– Depuis quand travaillez-vous ici ? demanda-t-elle.

– Depuis que je sais marcher, expliqua Lupin, mon père est le chef des jardiniers. Pourtant c'est la première fois que je vous vois.

– En général, on a besoin de moi à l'intérieur du palais, déclara Glorie, sans mentir.

– Viendrez-vous au bal ce soir ? reprit Lupin.

– Bien sûr, répondit-elle en s'éloignant.

En se promenant au milieu des parterres de fleurs, Glorie rencontra sa mère, la reine, et son père, le roi, qui marchaient dans sa direction.

– Bonjour ma petite Glorie, dit le roi.

– Comment vas-tu ma chérie ? ajouta la reine.

– Comment m'avez-vous reconnue sous ce déguisement ? s'étonna Glorie.

– Tu ressembles exactement à ta mère au même âge, répondit le roi en souriant. Surtout avec cette vieille pèlerine.

– Tu cherches d'autres princes dans le jardin ? demanda la reine.

– Eh bien oui, mais jusque-là je n'ai trouvé que des jardiniers.

– Il est vrai que ta mère emploie beaucoup de jardiniers, remarqua le roi. Et que tous les vendredis je dois donner cinq pièces d'or à chacun d'eux.

– Ils les méritent, mon cher Georges, rétorqua la reine. Regarde autour de toi ! Aurais-tu déjà oublié que cet endroit était un désert lorsque nous sommes arrivés ?

– Oui, oui, sans doute as-tu raison.

– Et que nous étions obligés d'acheter nos fruits et nos légumes ? Aujourd'hui, nous produisons tout ce dont nous avons besoin, et même davantage.

– Que fait-on du surplus ? s'inquiéta le roi.

– Nous le vendons au marché du village. Et nous en tirons quelques bénéfices.

– Bénéfices... Voilà un mot qui me plaît. Alors, ma petite Glorie, que comptes-tu faire cet après-midi ?

– Me promener, papa. Il fait si beau.

– La soirée promet d'être belle, elle aussi, dit la reine. N'oublie pas que nous donnons un bal ce soir, ma chérie.

Et tandis que la reine passait le bras sous celui du roi pour l'entraîner vers le palais, le roi se tourna vers elle :

– Je ne serai pas obligé de porter ma tenue royale, n'est-ce pas ?

– Bien sûr que si, Georges. Ainsi que ta cravate royale, celle où les paons font la roue sur le gazon.

Plantée au milieu des parterres, Glorie ne savait par où poursuivre ses recherches. Si son prince était là, où pouvait-il bien se cacher ? Finalement, elle décida de se laisser guider par le hasard.

Le chemin qu'elle emprunta serpentait autour des vieux arbres géants jusqu'à un pont qui traversait la rivière.

L'allée principale menant du palais à la grille était couverte de dalles taillées dans le marbre, les allées secondaires étaient pavées de brique et les sentiers recouverts de gravier si étroits qu'on ne pouvait y marcher qu'en file indienne. Parfois, ils s'arrêtaient brusquement sous un arbre.

Une nuée de papillons voltigeait au-dessus de sa tête comme pour l'escorter. Elle se demanda si ce sentier conduisait quelque part ou si elle allait devoir faire demi-tour. Mais soudain elle aperçut une silhouette appuyée contre un arbre, la tête penchée sur un parchemin, de longs cheveux noirs cachant son visage.

Glorie pressa ses deux mains sur sa poitrine pour calmer les battements de son cœur.

– C'est lui, murmura-t-elle. Je l'ai enfin trouvé.

Chapitre 13

La princesse continua d'avancer lentement sur le sentier en regardant la silhouette adossée à l'arbre. Elle avait l'impression que son cœur essayait de s'échapper de sa poitrine pour s'envoler vers son prince.

Soudain, il releva la tête, la regarda droit dans les yeux, et Glorie vit qu'il ne s'agissait pas du tout d'un prince : c'était Léon, le poète du palais. Elle lui sourit malgré tout gracieusement comme devait le faire une princesse, même déguisée.

– Re-bonjour, dit-elle, puisqu'ils s'étaient déjà rencontrés dans l'escalier de la tour un peu plus tôt.

– Re-bonjour, dit-il en enroulant maladroitement son parchemin et en laissant tomber son crayon.

– Qu'est-ce que vous écrivez ?

– Un poème.

– Je peux le lire ?

– Quand il sera terminé, peut-être. Avez-vous trouvé le troisième prince ?

– Je l'ai cru, mais c'était une erreur.

Ils restèrent un moment silencieux au milieu des herbes qui bruissaient et des papillons qui voltigeaient.

Une fois de plus, Glorie fut certaine d'avoir déjà rencontré Léon. Ce n'était pas simplement à cause de la couleur de ses yeux ou de la manière dont il penchait la tête, c'était aussi à cause du dessin de sa bouche et de la courbure de ses sourcils.

Il s'aperçut qu'elle l'observait mais il ne détourna pas son regard.

– Nous avons bien joué ensemble quand nous étions petits, n'est-ce pas ? demanda-t-elle sans cesser de le fixer.

– Je n'ai aucun souvenir de mon enfance, répondit-il. C'est comme si elle m'échappait.

La tristesse de son visage émut Glorie.

– Mais vous devez bien vous souvenir de l'endroit où vous viviez avant de venir travailler au palais.

– Oui, bien sûr. Cependant, je préfère l'oublier. Je préfère me remplir le cœur de ce merveilleux jardin et de la pensée...

Il s'interrompit, jeta un coup d'œil autour de lui avant de regarder Glorie à nouveau.

Elle attendit qu'il termine sa phrase, mais il ne l'acheva pas.

– Je ferais mieux de poursuivre ma mission, dit-elle. Je cherche... Enfin, je veux dire, la princesse m'a chargée de retrouver les graines magiques qu'elle a dispersées autour du palais. Elle désire faire un quatrième vœu. Croyez-vous que les graines puissent servir une deuxième fois ?

– Peut-être, répondit le poète. Mais il est dangereux de s'aventurer au-delà de l'enceinte.

– Oh, je n'ai pas peur ! s'exclama Glorie. Je n'ai peur de rien.

Elle rebroussa chemin au milieu des hautes herbes, suivie par les papillons qui voltigeaient autour d'elle. Si elle s'était retournée, elle aurait vu que le poète la suivait du regard, mais elle ne se retourna pas.

Chapitre 14

Avant de franchir les grilles, la princesse Glorie se retourna et contempla le palais qui se dressait, étincelant d'éclats blancs et argent, dans le ciel ensoleillé de ce milieu d'après-midi.

Puis elle admira la ville qui s'étendait devant elle. Comme les sentiers du parc, les rues et les ruelles de la ville n'avaient jamais été dessinées, elles s'étaient formées là où les habitants avaient choisi de construire leur maison, de travailler, de se promener.

Glorie se dirigea vers les cinq cents marches creusées dans la falaise qui menaient à la jetée. Elle ne descendit pas jusqu'à la mer, elle emprunta le sentier qui longeait le mur d'enceinte du palais. Il était glissant, mais elle serait prudente. Elle resserra sa vieille pèlerine autour d'elle pour se protéger du vent et des embruns, bien décidée à trouver la graine magique qu'elle avait jetée de la fenêtre nord de sa chambre.

Elle dévala cent marches avant d'atteindre le sentier de la falaise. Il était assez large pour que deux personnes s'y promènent côte à côte mais, prudente, Glorie resta bien à gauche, collée contre le mur d'enceinte qui la surplombait. Car, sur sa droite, la falaise tombait à pic sur de terribles rochers acérés contre lesquels les vagues se brisaient.

Si elle n'avait pas été une princesse, elle aurait été terrifiée. Elle connaissait toutes les histoires à propos des malheureux qui avaient glissé sur ce chemin et disparu dans la mer, ainsi que des récits terrifiants où de pauvres hères avaient été enlevés par des pirates qui les avaient vendus comme esclaves de l'autre côté de l'océan.

Mais Glorie était une princesse intrépide. Même lorsqu'elle crut entendre des pas derrière elle, elle n'eut pas peur. Elle se retourna pour voir qui la suivait, seulement les embruns l'empêchaient de distinguer quoi que ce soit.

Elle continua d'avancer. Enfin, elle se trouva en contrebas de la fenêtre nord de sa chambre. Elle essaya alors de se rappeler ce qui s'était passé quand elle avait jeté la première graine magique. Elle avait été emportée par le vent, vers la mer. Avait-elle atteint l'eau ? Et sinon, où avait-elle atterri ?

Elle se baissa pour inspecter le sol, en espérant que la graine était tombée sur le chemin. Elle se rendit rapidement compte que si la graine était tombée à cet endroit, elle avait sûrement été piétinée par les passants ou balayée par le vent.

Glorie se redressa et repoussa ses cheveux sous sa capuche. Si elle n'avait pas été princesse, elle aurait abandonné sa recherche et serait rentrée chez elle. Mais une princesse n'abandonne jamais, et Glorie ne rebrousserait chemin sous aucun prétexte, d'autant qu'elle avait presque atteint la fin du sentier.

Une volée de marches montaient vers l'aile ouest du palais, direction dans laquelle elle avait jeté sa deuxième graine. C'est alors qu'elle entendit tousser derrière elle. On la suivait réellement !

Elle pressa le pas. Puis elle se souvint qu'elle était une princesse, et qu'elle n'avait donc peur de rien.

Elle compta à nouveau cent marches et se retrouva sous la fenêtre ouest de sa chambre. Elle voyait à la fois les Grandes Montagnes Pourpres d'où était arrivé le prince Oswald et les marches qu'elle venait de monter, ce qui lui permit de constater que personne ne la suivait.

Elle se souvenait parfaitement que, lorsqu'elle avait lancé la deuxième graine magique, celle-ci avait été soulevée par la brise avant de disparaître vers les montagnes. Mais où pouvait-elle avoir atterri?

Ici, le sol était couvert de touffes d'herbes, de plantes épineuses et il y avait des graines partout.

Glorie tapa du pied. Si elle n'avait pas été une princesse, elle aurait trépigné de rage, et se serait peut-être même mise à pleurer. Mais elle conserva son sang-froid, remonta ses chaussettes, reboutonna sa vieille pèlerine et se dirigea vers la forêt hostile.

Chapitre 15

Glorie se faufila sur l'étroit sentier, coincé entre le mur d'enceinte du palais et les grands arbres de la forêt, et arriva enfin sous la fenêtre sud par laquelle elle avait jeté la troisième graine magique qui avait disparu dans la brume.

Aujourd'hui, il n'y avait pas de brume, mais la forêt était très sombre. Le sol était jonché d'écorces, de feuilles, de branches cassées. Elle se baissa pour regarder si elle voyait sa graine. Il faisait trop noir pour distinguer quoi que ce soit.

Elle se releva en soupirant. Si elle ne pouvait plus faire de vœu, il lui fallait trouver un autre moyen de mettre la main sur son prince. Après tout, il viendrait sûrement au bal. Et elle le reconnaîtrait, évidemment. Mais d'abord, elle devait rentrer se préparer.

Si seulement il y avait eu une porte dans le mur, à cet endroit, elle aurait pu regagner sa chambre tout en haut de la tour en quelques minutes. Malheureusement, à sa connaissance, il n'y avait pas de passage secret. Elle devrait donc longer l'enceinte jusqu'aux grilles et remonter l'allée dallée jusqu'au palais.

Il lui sembla voir, devant elle, un sentier entre le palais, à gauche, et les grands arbres noirs, à droite. Mais, très vite, ce chemin s'écarta du mur pour s'enfoncer au milieu des arbres.

En levant la tête, Glorie pouvait apercevoir des petits coins de ciel bleu à travers le feuillage touffu des hautes branches.

En baissant la tête, elle voyait le sentier, bien marqué, mais jonché de feuilles et de brindilles. Elle se demanda qui, ou quoi, avait l'habitude de passer par là.

Si elle n'avait pas été princesse, elle aurait eu un peu peur, car elle avait entendu beaucoup d'histoires à propos des créatures de la forêt et des choses terrifiantes qu'elles infligeaient aux étrangers qui osaient s'y aventurer.

Elle se rassura en se disant que personne n'oserait toucher à un membre de la famille royale, puis elle s'inquiéta : personne ne la reconnaîtrait puisqu'elle était déguisée !

Glorie jeta un coup d'œil par-dessus son épaule afin de vérifier que l'enceinte était toujours visible, puis elle suivit le sentier qui s'enfonçait dans la forêt. Soudain, il devint si étroit qu'elle fut obligée de se glisser de profil entre les arbres pour pouvoir passer.

Elle avait l'impression qu'ils se rapprochaient d'elle, qu'ils essayaient de la bloquer entre leurs troncs moussus. Il lui sembla même les entendre murmurer : « Coince-la, coince-la, coince-la ! »

À un moment, sa vieille pèlerine s'accrocha à une branche pointue et elle la déchira en voulant se dégager. Puis, subitement, comme si les arbres avaient décidé de la laisser tranquille, une clairière tapissée d'herbe verte s'ouvrit devant elle.

Au centre, il y avait un cadran solaire en pierre, avec les heures gravées sur un cercle de bronze. Glorie se souvint de l'avoir vu quand elle était encore trop petite pour lire l'heure.

– Je connais cet endroit, dit-elle à haute voix, même s'il n'y avait personne pour l'entendre. Je suis sûre d'être déjà venue ici. Avec papa et maman. Je me souviens d'eux en train de pique-niquer et de bavarder avec d'autres rois et reines.

Les arbres qui bordaient la clairière n'étaient plus du tout effrayants. Glorie s'assit sur l'herbe douce, le dos appuyé au cadran solaire, et d'autres souvenirs lui revinrent en mémoire.

Elle se rappelait avoir joué avec d'autres princes et princesses ce jour-là. Puis il s'était passé quelque chose. Mais quoi ? Elle revoyait les adultes paniqués courant en tous sens. Elle revoyait sa mère la soulevant dans ses bras pour la ramener au palais.

Glorie se rappelait aussi qu'ils n'étaient plus jamais retournés pique-niquer dans la forêt. Ce qui expliquait sans doute pourquoi le sentier n'était pas entretenu.

Pendant qu'elle était assise sur l'herbe, plongée dans ses souvenirs, le soleil avait continué sa route vers l'ouest. De longues ombres s'étendaient maintenant devant elle. Elle sentit soudain l'humidité de la forêt transpercer sa vieille pèlerine. Puis elle perçut un mouvement entre les arbres. Des gens approchaient en criant.

Inquiète, Glorie se releva et s'enfonça au milieu des arbres tandis que les silhouettes et les voix se rapprochaient.

Elle eut l'impression qu'ils se disputaient, mais elle ne comprenait pas ce qu'ils disaient. Puis les cris cessèrent ; un homme apparut à la lisière de la clairière et regarda autour de lui. Peut-être la cherchait-il ? Il était grand, vêtu de noir et de gris.

En le voyant, Glorie se sentit envahie par un sentiment de solitude glacée. « J'espère que ce n'est pas mon prince », pensa-t-elle. Elle resta cachée au milieu des arbres, puis coupa à travers les broussailles jusqu'au palais. Une fois sur le sentier coincé entre le mur et la forêt, elle prit ses jambes à son cou.

Chapitre 16

Glorie courut sans s'arrêter jusqu'aux grilles du palais. Là elle ralentit, hors d'haleine, les jambes flageolantes. Elle se retourna pour voir si elle était vraiment poursuivie. Les voix et les pas qu'elle avait entendus n'étaient peut-être que le fruit de son imagination ? Ils lui avaient pourtant semblé bien réels. Et elle n'avait certainement pas rêvé la silhouette sombre apparue à la lisière de la clairière.

Les murs du palais étaient-ils assez hauts pour empêcher les ogres, les bêtes et les créatures sauvages d'entrer ?

Maintenant qu'elle était à l'abri, tout lui paraissait normal. Les gentils jardiniers étaient toujours penchés sur leurs légumes. Les trois tondeuses ratissaient l'herbe qu'elles avaient coupée, et tous les fleuristes étaient occupés à composer des bouquets.

Glorie respira à fond, lissa ses cheveux et reboutonna sa vieille pèlerine. La panique l'avait quittée. Tout était rentré dans l'ordre. Même les arbres de la forêt pressés contre les murs avaient une allure innocente. Elle remonta l'allée dallée. En passant devant le pavillon de la salle des coffres, elle vit son père en train de verrouiller la dernière des trois serrures et le dernier des trois cadenas de la porte.

– Bonsoir, ma petite Glorie, dit-il en se tournant vers elle. Tu venais m'aider à compter mon argent ?

– Non, papa. Je rentre de promenade.

– Tu ressembles vraiment à ta mère au même âge. C'est incroyable. Je me souviens qu'elle portait cette vieille pèlerine pour faire du bateau entre les îles, et des randonnées dans les Grandes Montagnes Pourpres, ou même dans la sombre forêt profonde, jusqu'à ce que… enfin, bref. Tu ne veux pas faire un tour dans la salle des coffres pour admirer mes beaux lingots ?

– Bon, d'accord, si tu veux, dit Glorie.

Elle ôta sa pèlerine en attendant patiemment que son père déverrouille les trois serrures et les trois cadenas, puis elle le suivit à l'intérieur du pavillon.

Le roi lui décrivit la fortune royale. Elle avait déjà entendu ce discours plusieurs fois, bien sûr, mais elle l'écouta malgré tout très attentivement en hochant la tête.

Tandis qu'ils passaient devant les nombreuses portes de verre derrière lesquelles les trésors s'accumulaient, elle se demanda ce que le roi ne voulait pas lui raconter à propos de la forêt. On l'avait toujours prévenue qu'il fallait l'éviter, et pourtant ses parents s'y étaient promenés lorsqu'elle était enfant.

– Voici la réserve des pièces d'or, dit le roi. Nous en aurons besoin pour payer les musiciens de l'orchestre du bal de ce soir, en plus de tous les gens que ta mère emploie. Et voici l'imprimerie où nous fabriquons les nouveaux billets. J'ai du mal à comprendre comment un bout de papier peut valoir autant que cinq pièces d'or... Enfin, ta mère dit que c'est plus facile à transporter, donc nous essayons.

Soudain Glorie aperçut un jeune homme penché sur une machine. Il paraissait un peu essoufflé. Quand il releva la tête, elle vit que ses yeux bleus étaient aussi froids que la glace. Elle frissonna, serra sa vieille pèlerine contre elle et se rapprocha de son père qui lui entoura les épaules de son bras pour l'entraîner hors de la pièce.

Elle sentit sa chaleur la pénétrer, mais elle sentit aussi le regard glacé du jeune homme fixé sur son dos. Ses cheveux se hérissèrent sur sa nuque.

– Et voici la réserve des titres, annonça le roi.

Pour sa part, Glorie n'avait plus qu'une envie, ressortir au soleil.

Chapitre 17

Tout en attendant que le roi ait fini de verrouiller les trois serrures et les trois cadenas du pavillon, Glorie lança :

– Qui fabrique les billets ?

– C'est Ernest. Il avait demandé un emploi à l'intérieur du palais. Ta mère voulait qu'il travaille au musée, mais il aurait fallu que je lui verse cinq pièces d'or chaque vendredi. Alors, je lui ai proposé un emploi plus moderne, payé en papier-monnaie. Je suis sûr qu'il en fabrique quelques-uns en plus pour lui.

– Je le trouve un peu bizarre, dit Glorie. D'où vient-il ?

– De la forêt. Il est là depuis deux jours. Mais je ne sais pas si je vais le garder. Il a l'air de ne vouloir en faire qu'à sa tête. Aujourd'hui, par exemple, il ne s'est mis au travail que quelques minutes avant ton arrivée. Qui sait ce qu'il mijote ? Ta mère avait peut-être raison de vouloir le placer au musée, après tout.

– Tu sais que j'ai fait un vœu pour qu'un prince vienne de la forêt. Et si c'était Ernest ? dit-elle en serrant le bras de son père.

Le roi réfléchit.

– C'est possible. Tu crois vraiment à ces histoires de vœux ?

– J'en ai fait trois, dit Glorie. J'ai souhaité qu'un prince vienne de l'océan…

– Le prince Edmond est arrivé en bateau, constata le roi.

– … un autre des montagnes…

– Le prince Oswald est arrivé en ballon.

– … et un troisième, de la forêt.
– Et Ernest est arrivé.
– Mais est-il vraiment prince ? Qu'en penses-tu, toi qui connais toutes les familles royales ?

Le roi réfléchit à nouveau.
– C'est possible, finit-il par déclarer. Un jeune prince s'est perdu dans la forêt quand tu étais petite. Une tragédie terrible. On l'a cherché pendant des semaines. Nous connaissions bien sa famille, nous allions souvent pique-niquer ensemble. Rien ne dit qu'Ernest soit cet enfant perdu, cependant son arrivée au palais au moment où tu as fait le vœu qu'un prince arrive de la forêt est une sacrée coïncidence.

Glorie se souvint de l'impression qu'elle avait eue d'être suivie sur le chemin de la falaise, puis de l'apparition de la silhouette dans la forêt. Elle était sûre que c'était Ernest.

Elle remonta l'allée dallée sans chantonner ni sautiller comme d'habitude. Les jardins semblaient avoir perdu leurs couleurs, et le soleil sa chaleur. Elle pensait à l'enfant perdu dans la forêt. Elle pensait aussi à la terrible impression de solitude glacée et maléfique qu'elle avait ressentie là-bas, à la panique qui s'était emparée d'elle et l'avait poussée à prendre ses jambes à son cou pour rentrer le plus vite possible au palais. Elle pensait surtout au prince de ses rêves en se demandant s'il existait vraiment.

Chapitre 18

Glorie s'apprêtait à gravir les marches de la grande entrée du palais, quand un bruit de galop attira son attention.

Elle se retourna et vit le prince Oswald sauter d'un cheval noir piaffant et frémissant, pour venir s'agenouiller devant elle.

– Permettez-moi de vous offrir ce ravissant bouquet de fleurs de lune, princesse, déclara-t-il d'une voix haletante.

Glorie prit les fleurs. Elles étaient encore fraîches, quoiqu'un peu poussiéreuses, comme le prince.

Aussitôt, un autre bruit de galop retentit dans la cour d'honneur. Le prince Edmond sauta de son cheval et se jeta, lui aussi, à ses pieds.

– Princesse, veuillez accepter ce bouquet de fleurs de lune encore plus gros, symbole de mon ardeur encore plus grande, déclara-t-il à bout de souffle.

– Il est peut-être plus gros, mais j'étais là le premier, fit remarquer le prince Oswald.

– Euh… non, fit la princesse. J'ai déjà reçu une fleur de lune…

Et elle ajouta, en espérant qu'elle disait la vérité :

– … d'un autre prince. Vous pouvez d'ailleurs l'apercevoir d'ici.

Elle montra du doigt la fenêtre de sa chambre. Les deux princes se relevèrent et contemplèrent la fleur unique qui brillait d'un éclat aussi pur que la lune montante à la fenêtre de la princesse. Puis ils se regardèrent.

– Mais j'ai une autre épreuve à vous faire passer, annonça-t-elle.

– Ah, je ferais n'importe quoi pour vous, dit le prince Oswald.

– Et tout ce qu'il fera, je le réussirai mieux, ajouta le prince Edmond.

– Ce soir, au bal, vous devrez danser avec moi, dit Glorie.

– Facile, s'exclama le prince Edmond. De toute façon, j'en avais l'intention.

– Moi aussi, renchérit le prince Oswald. Et je vous aurais invitée le premier.

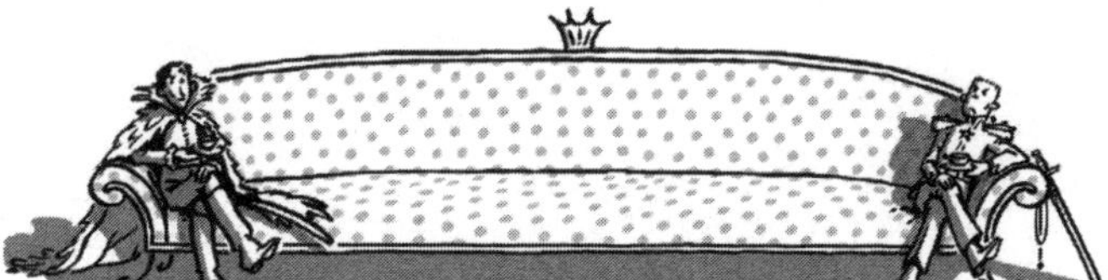

– Et puis, continua Glorie en pensant que les jeunes couturières seraient contentes de danser avec un prince, vous devrez également faire danser toutes les jeunes filles présentes au bal.

– Bien sûr, s'empressa de dire Edmond. J'en avais l'intention, de toute façon.

– Moi aussi, s'empressa d'ajouter Oswald. Et je suis le meilleur de tous les danseurs.

– Non, c'est moi, rétorqua Edmond.

Mais la princesse Glorie montait déjà l'escalier de la grande entrée du palais. Elle était pressée de mettre les fleurs de lune dans un vase. Il y avait tellement de couloirs, de marches et de paliers à franchir jusqu'à sa chambre en haut de la tour qu'elle était épuisée quand elle arriva.

En ouvrant la porte, elle remarqua une feuille de parchemin à terre. Elle la ramassa et la lut à la lumière du soleil couchant.

Mon adorée

Le jour où tu confias au vent
La graine messagère de ton vœu ardent,
Trouver le prince charmant,
J'étais déjà près de toi.
C'est moi que tu attends,
Moi qui t'adore,
Mais tu ne me vois pas.

Folle d'impatience, tu fis deux autres vœux
Que le vent emporta jusque dans les cieux.
Deux vœux inutiles puisque, sous tes yeux,
J'étais déjà là.
C'est moi que tu attends,
Moi qui t'adore,
Mais tu ne me vois pas.

Quand, dans les escaliers, soudain tu apparus,
Ta chevelure cachée par un pauvre fichu,
Tes jupes dissimulées sous un vilain tissu,
J'étais déjà là.
C'est moi que tu attends,
Moi qui t'adore,
Mais tu ne me vois pas.

Plus tard dans le jardin, je t'ai vue avancer,
Cernée d'une nuée de papillons dorés.
Alors, ardemment j'ai souhaité
Que mon rêve devienne réalité,
Que tu comprennes enfin
Que c'est moi que tu attends.

Débordant d'un amour enflammé,
Je souhaite, ô mon adorée,
Que tu me voies enfin.

Chapitre 19

Après avoir lu le poème, la princesse Glorie s'assit sur son canapé en forme de banane pour le relire.

Elle était certaine que c'était son prince charmant qui l'avait écrit et qu'il était bien ici, au palais. Elle savait maintenant que ses trois vœux avaient été exaucés, que les graines étaient vraiment magiques, mais ne savait toujours pas qui était son prince charmant. Si seulement elle avait eu encore une graine pour faire un quatrième vœu !

Elle se rendait compte à quel point elle avait manqué de patience en les utilisant toutes les trois en même temps. Et comment imaginer qu'on allait lui exaucer un quatrième vœu ? Ça n'était encore jamais arrivé.

Elle relut le poème, surtout ce passage qui lui plaisait particulièrement :

Alors, ardemment j'ai souhaité
Que mon rêve devienne réalité,
Que tu comprennes enfin
Que c'est moi que tu attends.

Elle caressa légèrement la feuille, suivit du bout de l'index les mots écrits à l'encre, la plia, puis l'enfouit dans la poche de sa vieille pèlerine. C'est alors que ses doigts rencontrèrent un objet petit et dur. Elle le sortit de la poche. C'était une graine, en tous points identique aux trois graines magiques qu'elle avait utilisées un peu trop vite.

Elle se demanda par quel miracle elle avait pu se glisser dans sa poche. Puis elle se rappela que cette vieille pèlerine avait appartenu à sa mère.

Une idée lui traversa soudain l'esprit. Et si la personne qui lui avait offert les trois graines magiques en avait également offert à la reine quand elle était jeune ?

Sa mère était peut-être au courant de quelque chose. Elle fouilla l'autre poche au cas où il y aurait une autre graine, mais n'en trouva pas.

Elle examina la graine à nouveau. Était-ce vraiment une graine magique, ou juste une vieille graine ordinaire ?

Et si elle la plantait, il en sortirait peut-être une serincanthe bleue ou une fleur de lune ?

Mais si c'était une graine magique, elle pouvait faire un quatrième vœu…

Avec précaution, elle la porta à ses lèvres et l'embrassa. Ensuite, elle la jeta dans la brise du soir en formulant son vœu.

– Je souhaite qu'il existe, je souhaite qu'il vienne,
Et se fasse connaître cette nuit.
Je souhaite qu'il existe, je souhaite qu'il vienne,
Le prince charmant qui m'aimera toute la vie.

Elle regarda la graine danser au gré du vent puis tomber en tourbillonnant dans le jardin. Elle supposa qu'elle atterrissait sur la pelouse fraîchement tondue.

En se penchant par la fenêtre elle aperçut les jardins du palais jusqu'aux grilles et, au-delà, des véhicules qui approchaient.

Les grilles s'ouvrirent pour laisser carrosses, limousines, bus et taxis remonter l'allée dallée jusqu'à la grande entrée du palais. Les invités arrivaient pour le bal. Alors, Glorie se souvint, enfin, qu'elle n'était pas du tout prête.

Jetant la vieille pèlerine par terre, elle fila dans la salle de bains.

Chapitre 20

En entrant dans sa chambre, Glorie trouva sa robe de bal suspendue à la porte de son armoire. Elle s'imagina au bal, en train de danser avec son prince, virevoltant entre ses bras d'un bout à l'autre de la salle, au milieu des autres danseurs. Elle pouvait presque sentir ses mains chaudes et puissantes sur les siennes, son regard profond et bleu foncé fixé sur elle. Son cœur commença à se dilater et à s'accélérer, comme toujours lorsqu'elle rêvait à son prince.

À cet instant, on frappa à la porte.

– Tu veux que je t'aide à te coiffer, ma chérie ? cria sa mère.

Sans attendre de réponse, la reine entra, l'aida à s'habiller et à fixer la première fleur de lune qu'elle avait reçue dans ses cheveux.

– Cette robe est magnifique, dit-elle. Cependant, je me demande ce que ton père va en penser.

Mais Glorie n'avait pas envie de parler de la robe.

– Papa m'a raconté que vous alliez souvent pique-niquer dans la forêt, avant. Et qu'un petit prince s'y était perdu.

– Quelle terrible tragédie, soupira la reine. Ce petit garçon était le fils unique du roi Éric et de la reine Eyrachi, une de mes grandes amies. Cet été-là, ils étaient partis faire le grand tour des îles, du pays des Terres Intérieures et des Grandes Montagnes Pourpres ; ils s'étaient arrêtés chez nous pour une semaine, avant de rentrer chez eux, sur l'île du Croissant de Lune. Toutes les familles royales étaient réunies ici. Chaque jour nous allions nous promener en montagne, nager dans la mer, pique-niquer dans la forêt...

– Je crois que je m'en souviens.

– Tu étais petite, à peine trois ans.

– Je me rappelle avoir joué dans une clairière avec des princes et des princesses, dit Glorie. Et il s'est passé quelque chose. Nous n'y sommes jamais plus retournés après, n'est-ce pas, maman ?

– Non, et le roi Éric et la reine Eyrachi ne sont plus jamais revenus, bien que je les aie conviés à toutes les fêtes, bien sûr. Je les ai invités au bal de ce soir, mais je ne crois pas qu'ils viendront. C'est vraiment terrible de perdre un enfant.

– Comment s'appelait-il ?

La reine s'approcha de la fenêtre.

– Le prince Timoléon Séraphin Parfait Ericson. Quand il a disparu, il était si petit qu'il ne savait même pas prononcer son nom en entier.

Elle regarda dehors.

– Oh ! De nombreux invités sont déjà arrivés ! Nous ferions mieux de descendre. Tu es prête ?

Glorie regarda son reflet dans la vitre. La fleur de lune luisait dans ses cheveux et les clochettes cousues autour de l'ourlet de sa robe tintinnabulaient quand elle bougeait.

– Je suis prête, dit-elle.

Cette fois, Glorie ne se rua pas dans l'escalier et ne dévala pas les marches à toute vitesse. Elle attendit la reine et elles descendirent avec beaucoup de dignité, comme il sied aux membres d'une famille royale.

Le roi Georges patientait dans l'antichambre en faisant les cent pas.

Quand elles entrèrent, il montra du doigt la grande horloge et s'exclama :

– Où étiez-vous donc passées ? Il est neuf heures et demie. Vous saviez pourtant qu'on devait nous annoncer à neuf heures.

Puis il remarqua la robe de Glorie.

– Tu ne vas pas porter ça ? Et d'ailleurs qu'est-ce que c'est ? Une combinaison ? Une chemise de nuit ? Georgiana, mon amour, dis-moi, notre fille ne va pas se montrer dans cette tenue ? Où est sa robe de bal ?

– Mais c'est sa robe de bal, mon chéri. Une robe à la toute nouvelle mode. Tu verras, à la fin de la soirée, toutes les jeunes filles en voudront une ; et le seul endroit où elles pourront la commander, ce sera au palais. Elle sera confectionnée par nos jeunes couturières.

– Et combien paieront-elles pour ça ?

– À mon avis, au moins vingt pièces d'or, répondit la reine.

– Alors allons rejoindre nos invités, déclara le roi.

Il offrit un bras à sa femme, l'autre à sa fille, puis tous trois s'avancèrent vers la salle de bal. Le valet de pied fit sonner le gong, Léon le poète annonça :

– Le roi Georges et la reine Georgiana de la maison royale des Quatre Vents ainsi que de tous leurs autres royaumes et colonies, territoires, domaines, et la princesse royale, Sa Gracieuse Altesse la princesse Glorie Eugénie Prudence.

Chapitre 21

Cette fois, personne n'interrompit Léon. Ce qui laissa le temps aux invités de pousser une exclamation de surprise à la vue de la robe de bal fabuleusement moderne de la princesse.

Immobile, Glorie parcourut des yeux la salle illuminée d'un millier de bougies et décorée de cinq cents petits bouquets de fleurs bleues et violettes provenant des jardins du palais. Toutes les familles royales des alentours étaient présentes.

Glorie vit aussi les quinze sœurs de l'atelier de couture vêtues de robes splendides – pas aussi splendides que la sienne, toutefois. Les jeunes gens de la salle des cartes les admiraient en chuchotant.

Au bout d'un moment, estimant qu'elle était restée assez longtemps en haut des marches, Glorie commença à les descendre lentement sans même regarder ses pieds. Un grand silence se fit ; tous les regards étaient braqués sur elle.

Lorsqu'elle arriva en bas de l'escalier, un jeune homme s'avança pour la saluer.

– M'accorderez-vous cette danse ? demanda-t-il.

Glorie reconnut le prince Edmond à l'étoile accrochée à son cou. Habillé pour le bal, il paraissait beaucoup plus beau et plus charmant. Il la prit dans ses bras pour l'entraîner dans un fox-trot endiablé. D'autres couples de danseurs les imitèrent et Glorie se laissa emporter par le rythme. Puis la musique s'arrêta, les danseurs cessèrent de danser et un autre jeune homme s'avança vers elle.

– M'accorderez-vous la prochaine danse, princesse ? demanda-t-il.

Glorie reconnut le prince Oswald aux plumes colorées de sa veste et à sa cicatrice grandiose. Habillé pour le bal, lui aussi paraissait beaucoup plus beau et plus charmant.

– Vous ne voyez donc pas que je danse avec la princesse ? protesta le prince Edmond.

– Mais votre danse est terminée, rétorqua le prince Oswald. C'est mon tour maintenant.

Il ajouta en s'adressant à Glorie :

– Je danse beaucoup mieux que lui.

– C'est moi qui déciderai quel est le meilleur danseur, déclara Glorie. Ce ne sera peut-être aucun de vous deux.

Le prince Oswald la prit dans ses bras et l'entraîna dans une polka effrénée tout autour de la salle de bal. À chaque pas, la robe de Glorie oscillait et les clochettes tintinnabulaient comme si un millier de fées s'ébattaient sur son ourlet. Mais pendant toute la danse, alertée par un picotement dans la nuque, la princesse sentit que quelqu'un, caché à l'ombre des colonnes, l'observait. Elle eut du mal à se concentrer sur la danse.

Enfin la musique s'arrêta, les danseurs cessèrent de danser et le prince Oswald la raccompagna vers ses parents.

– Ta robe a un succès fou, dit la reine. Tout le monde l'admire.

– Il y en a qui l'admirent même un peu trop, ajouta le roi. La couturière aurait pu utiliser un peu plus de tissu.

– On me surveille, murmura Glorie. Regardez cet homme, derrière la colonne.

– Il n'est pas le seul, ma petite. Je te conseille de mettre un châle. Georgiana, où est le châle de Glorie ?

– Tu es incroyablement démodé, Georges, il y a bien longtemps qu'on ne porte plus de châle.

– Je vous assure que quelqu'un me surveille, insista Glorie. Je n'aime pas ça.

À ce moment-là, le gong résonna. Ils se retournèrent. Léon s'avança en haut des marches et annonça :

– Le roi Éric et la reine Eyrachi de l'île du Croissant de Lune.

Glorie vit sa mère se précipiter vers les nouveaux venus pour les accueillir. Elle vit aussi Léon les dévisager d'un air perplexe. Puis, soudain, il pâlit et disparut. Personne n'annonça les invités suivants.

Une voix s'éleva alors derrière Glorie :

– Voulez-vous m'accorder cette danse, princesse ?

C'était Lupin, un peu gêné.

– Bien sûr, répondit-elle.

Lorsqu'ils s'élancèrent en valsant au milieu des autres couples, elle se dit qu'elle aurait bien aimé qu'il fût prince car il était beaucoup plus doux et plus charmant qu'Edmond ou Oswald. Mais la musique s'arrêta encore, les danseurs cessèrent de danser et Lupin se fondit dans la foule. Presque aussitôt, un autre jeune homme apparut à ses côtés.

– M'avez-vous réservé une danse, princesse ? demanda-t-il.

Elle reconnut Victor, de la classe de danse.

– Pourquoi pas celle-ci ? répondit-elle.

Une fois de plus elle se laissa entraîner à travers la salle de bal. Mais elle comprit tout de suite qu'il ne pouvait pas être le troisième prince parce qu'il souriait à toutes les autres filles au lieu de ne regarder qu'elle. Puis il la ramena où il l'avait trouvée, s'inclina et prit immédiatement une autre cavalière dans ses bras.

Glorie eut à peine le temps de retrouver son souffle qu'elle vit un jeune homme venir vers elle. Aussitôt elle sentit son cœur se dilater dans sa poitrine. C'était sûrement lui, le troisième prince ! Il était grand, avec de longs cheveux noirs tombant sur les épaules.

Les flammes des mille bougies se reflétaient sur les boutons d'argent de sa veste écarlate. Certaine que c'était la couleur de l'une des maisons royales présentes au bal, elle se tordit les mains en attendant qu'il ait fini de traverser la salle.

La foule s'écartait pour le laisser passer. Il se rapprochait. Ses yeux ne quittaient pas ceux de Glorie qui murmura alors son quatrième vœu :

– Je souhaite qu'il existe, je souhaite qu'il vienne,
Et se fasse connaître cette nuit.
Je souhaite qu'il existe, je souhaite qu'il vienne,
Le prince charmant qui m'aimera toute la vie.

Chapitre 22

Le temps qu'elle ait fini de répéter son vœu, il était devant elle. Il avait les yeux bleu cobalt, la peau hâlée, les cheveux noir de jais, exactement comme le prince de ses rêves – et même une fine cicatrice en travers du menton.

Puis elle se rendit compte que la couleur qu'il portait était en fait celle de sa propre famille royale – la maison des Quatre Vents – et que sa veste était l'uniforme du poète du palais.

– Léon ?

Il avait changé. La tristesse s'était envolée de son visage.

– Je me souviens de tout, dit-il mystérieusement. Avant de m'expliquer, m'accordez-vous cette danse, princesse ?

Ils valsèrent comme s'ils étaient seuls au monde. Quand la musique s'arrêta, Léon continua à tenir Glorie entre ses bras. Elle sut alors que c'était lui son prince.

– Vous êtes vraiment prince, n'est-ce pas ? Mais pourquoi vous êtes-vous déguisé en poète ?

– Je ne savais pas que j'étais prince, répondit-il. C'est en respirant le parfum de ma mère que je me suis souvenu de tout.

– Votre mère ? Elle est ici ? s'étonna Glorie.

– Mon père aussi. Le roi Éric et la reine Eyrachi sont mes parents.

Glorie se souvint que Léon était devenu pâle et avait disparu juste après les avoir annoncés.

– Dès que je les ai reconnus, je me suis souvenu que j'étais, que je suis toujours prince. Je me suis rappelé cette journée dans la forêt, quand nous étions petits. Je me souviens maintenant d'avoir joué avec vous, comme vous l'avez dit cet après-midi.

– Vous m'avez reconnue malgré mon affreux déguisement, remarqua Glorie en souriant.

– Bien sûr. Votre charmant visage n'avait pas changé.

Il sourit à son tour, et Glorie se demanda pourquoi elle n'avait jamais remarqué que Léon était si beau. Puis il redevint grave, un peu triste même.

– Je me rappelle m'être éloigné cet après-midi-là. Je ne faisais pas attention car comme vous, j'avais l'habitude d'être surveillé par une nourrice. Soudain, j'ai compris que j'étais seul. Au début, je n'ai pas eu peur, pensant qu'on viendrait me chercher. Mais personne n'est venu. La nuit est tombée et je me suis mis à pleurer. Ensuite, j'ai dû m'endormir.

En imaginant le petit prince seul, perdu dans la sombre forêt, Glorie sentit les larmes lui monter aux yeux.

– Lorsque je me suis réveillé, continua Léon, j'étais dans un lit inconnu, dans une maison inconnue, avec un père et une mère inconnus, et plein de frères et sœurs inconnus. Ils m'ont appris qu'ils m'avaient trouvé à temps, juste avant que les flanquetrouilles ne m'emportent.

– Les flanquetrouilles ? répéta Glorie en frissonnant.

– Vous n'avez jamais entendu parler d'eux ?

– Je sais qu'il faut se méfier de quelque chose dans la forêt. On me l'a toujours dit. Mais je n'ai jamais su ce que c'était.

Elle se mordit les lèvres et ajouta :

– J'y suis allée aujourd'hui.

– Je sais, je vous ai suivie, au cas où vous vous seriez perdue ou trouvée en danger. Je n'étais d'ailleurs pas le seul... Mais ne gâchons pas cette soirée.

– Que s'est-il passé quand vous vous êtes réveillé dans cette nouvelle famille? demanda Glorie qui ne voulait surtout pas penser à Ernest ni aux raisons pour lesquelles il l'avait suivie dans la forêt.

– J'étais incapable de dire mon nom. Je savais juste que ma mère m'appelait Léon. Mais maintenant, je me le rappelle. Je suis le prince Timoléon Séraphin Parfait Ericson, de l'île du Croissant de Lune.

– Non, c'est faux ! cria une voix. C'est moi qui suis le prince Timoléon Séraphin Parfait Ericson !

Ils se retournèrent pour voir qui les interrompait de la sorte.

– Ernest ? Qu'est-ce que tu fais là ? s'écria Léon.

– Je suis venu épouser la princesse et te renvoyer dans la forêt d'où tu viens.

Le regard froid d'Ernest fit frissonner Glorie qui recula.

– Je suis le prince dont vous rêvez, déclara-t-il en se rapprochant d'elle. Je suis le prince Timoléon. Celui-là n'est qu'un imposteur.

– Non ! C'est faux ! s'écria Léon. Je suis le prince Timoléon. Tu ne sais peut-être pas qui tu es, mais tu ne me voleras pas mon identité. Je viens juste de la retrouver.

Ernest se tourna vers Glorie :

– Je suppose qu'il vous a raconté qu'il s'était perdu dans la forêt quand il était petit. C'est à moitié vrai. Nous sommes tous les deux des enfants perdus. Toutefois cela ne fait pas de lui un prince. Si vous voulez savoir la vérité, je vous ai suivie dans la forêt, cet après-midi, afin de veiller sur vous. La forêt est un endroit dangereux – elle grouille de flanquetrouilles qui volent les petits enfants et les jolies filles. C'est au moment où je me suis aperçu qu'il nous suivait que je vous ai perdue de vue.

– C'est faux! s'exclama Léon. Enfin, il est vrai que la forêt est un endroit dangereux – surtout pour les princesses qui risquent d'être enlevées et qui ne seront rendues qu'en échange d'une très grosse rançon.

Tous les invités étaient muets de stupéfaction. Puis ils se mirent à chuchoter entre eux; quelle chose choquante à dire pendant un bal royal.

Mais Léon poursuivit :

– C'est Ernest qui m'a suivi dans la forêt sombre et profonde. Je voulais m'assurer qu'il ne vous arrive rien, princesse. Cet individu n'est qu'un opportuniste qui tente de faire fortune. Qui sait de quoi il est capable? Il avait peut-être l'intention de vous enlever?

– Ce n'est pas vrai! cria Ernest.

Glorie les observa à tour de rôle pendant qu'ils se disputaient, puis elle regarda les invités qui s'étaient approchés pour les écouter.

– C'est moi qui déciderai lequel de vous deux est le prince Timoléon, annonça-t-elle d'une voix forte. Le vrai prince est celui qui m'écrira le plus beau poème d'amour. Vous avez jusqu'à minuit.

– Je m'y mets immédiatement, dit Ernest en s'inclinant.

Et il disparut dans la foule.

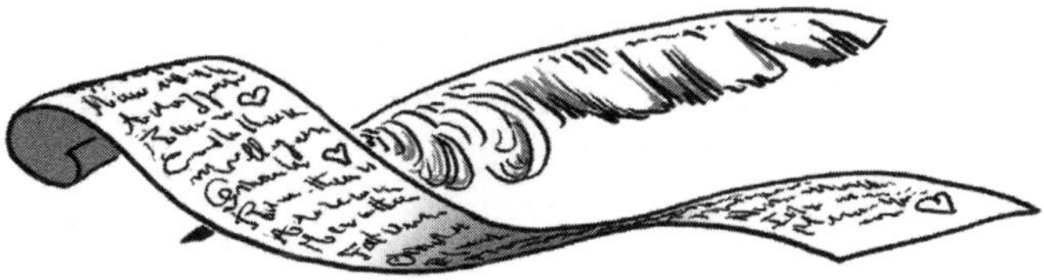

Edmond et Oswald dansaient avec d'autres jeunes filles, comme le leur avait demandé Glorie, mais dès qu'ils l'entendirent lancer l'épreuve du poème, ils foncèrent vers l'escalier et disparurent à leur tour.

– Voulez-vous m'accorder cette valse ? demanda Léon. Les douze coups de minuit ne sonneront que dans une heure.

Ils dansèrent à nouveau comme s'ils étaient seuls au monde. Mais cette fois, quand la musique s'arrêta, Léon se fondit dans la foule. Glorie supposa que les quatre princes étaient maintenant en train de composer des vers.

Elle savait que trois d'entre eux s'y étaient pris trop tard car elle avait déjà le poème d'amour qu'elle désirait. Il était à l'intérieur de la poche de sa vieille pèlerine, dans sa chambre tout en haut de la tour.

Chapitre 23

La princesse Glorie regarda la pendule pour la dixième fois et vit que les deux aiguilles avaient enfin atteint le nombre douze.

Ernest fut le premier à apparaître en haut de l'escalier, une feuille de papier à la main. Edmond et Oswald le suivaient en se bousculant comme d'habitude. Léon arriva le dernier et descendit les marches sans se presser.

Lorsqu'ils furent tous réunis au centre de la salle de bal, le roi agita une petite cloche en cuivre pour attirer l'attention des invités. Étant donné que Léon ne faisait plus les annonces, il dut s'en charger lui-même :

– Rois, reines, princes, princesses, mesdames, messieurs, commença-t-il. Nous allons faire une courte pause entre deux danses pour écouter des poèmes. Alors, ma petite Glorie, par qui commence-t-on ?

– Peut-être par le prince Edmond, papa, puisqu'il est arrivé le premier sur son voilier.

Tout le monde tourna les yeux vers le prince Edmond qui tira un bout de papier de sa poche, s'éclaircit la voix et lut :

– Il était une fois
Une princesse nommée Glorie
Qui rêvait d'un prince charmant.
Il en vint deux à la fois,
Un, seulement, survécut
Après un duel sanglant.

Il regarda la foule et ajouta :
– C'est moi qui survivrai.
– Pas vraiment un poème d'amour, murmura Glorie à sa mère.
– Pas un poème d'amour du tout, chuchota la reine. Mais ton père était absolument incapable d'en écrire un lui aussi.

– Prince Oswald, dit le roi. Avez-vous un poème à nous lire ?
– Majesté, j'en avais un qui parlait des yeux de la princesse aussi grands que des soucoupes et de ses cheveux aussi brillants que du plastique. Il était bien meilleur que celui d'Edmond. Mais je crois en effet qu'un duel à l'épée serait plus divertissant pour les invités.

Sur ce, il tira son épée de son fourreau et la brandit vers la foule. Affolés, les invités reculèrent.

Aussitôt, le prince Edmond tira la sienne et les deux princes s'affrontèrent au milieu de la salle de bal.

Attaques, passes, fentes, esquives, se succédèrent tandis que la foule se pressait autour d'eux.

Oswald força Edmond à monter les marches de l'escalier, puis Edmond força Oswald à les redescendre.

Glorie ne put s'empêcher de sourire. Bien qu'ils ne soient ni l'un ni l'autre le prince de ses rêves, ils l'amusaient beaucoup.

Les princes bondissaient d'un bout à l'autre de la salle de bal quand un « bip-bip » retentit.

Les deux adversaires interrompirent aussitôt leur duel, tirèrent chacun de leur poche un téléphone mobile. Ils venaient de recevoir en même temps un texto.

Edmond fut le premier à ranger son épée. Il se tourna vers la princesse Glorie, le roi Georges et la reine Georgiana, et s'inclina respectueusement.

– Je dois partir, annonça-t-il.

– Un problème ? Des mauvaises nouvelles ? s'inquiéta la reine.

– Pas du tout, répondit Edmond. Son Altesse Royale la princesse Dézilda vient de faire le vœu de rencontrer un prince charmant. C'est la princesse la plus adorable de tout le pays des Terres Intérieures, paraît-il. J'ai bien l'intention d'être le premier à ses pieds.

Pendant qu'il parlait, le prince Oswald qui avait déjà gagné l'escalier s'écria :

– Non, c'est moi qui arriverai le premier !

Chapitre 24

Après le départ des deux princes, la foule se tourna vers le roi dans l'attente d'un nouveau divertissement.

– Où en étions-nous ? dit-il. Ah, oui, le poème. À qui le tour, ma petite Glorie ?

– C'est à moi, fit Ernest en s'avançant.

Tout le monde le regarda tirer une feuille de sa poche.

– Il est intitulé *Mon adorée*. C'est un vrai poème d'amour, précisa-t-il.

– Eh bien, allez-y, s'impatienta le roi. Nous vous écoutons.

Ernest prit sa respiration.

– Le jour où tu confias au vent
La graine messagère de ton vœu ardent,
Trouver le prince charmant,
J'étais déjà près de toi.
C'est moi que tu attends,
Moi qui t'adore,
Mais tu ne me vois pas.

Glorie avait reconnu le poème. C'était celui qu'on avait glissé sous sa porte. Était-il possible qu'Ernest fût son prince? À cette idée, elle eut une légère nausée.

Ernest lança un regard de triomphe à Léon puis continua sa lecture. Glorie murmura les vers en même temps qu'il les lisait car elle les connaissait par cœur :

– Folle d'impatience, tu fis deux autres vœux
Que le vent emporta jusque dans les cieux.
Deux vœux inutiles puisque, sous tes yeux,
J'étais déjà là.

C'est moi que tu attends,
Moi qui t'adore,
Mais tu ne me vois pas.

Ernest s'arrêta à nouveau et jeta un coup d'œil circulaire à la salle.

Glorie ne savait plus très bien ce qu'elle éprouvait. Elle adorait ce poème, elle sentait qu'il était inspiré par l'amour, mais elle n'arrivait pas à croire qu'Ernest puisse être son prince.

Car il n'était pas charmant, il n'avait pas les yeux bleu cobalt, ni la peau hâlée, ni les cheveux noir de jais, ni une cicatrice grandiose. Il lui flanquait même un peu la trouille.

Se méprenait-elle sur son compte ? Et s'il l'aimait sincèrement ? Elle l'écouta poursuivre sa lecture :

– *Quand, dans les escaliers, soudain tu apparus,*
Ta chevelure cachée par un pauvre fichu,
Tes jupes dissimulées sous un vilain tissu…

Mais alors une autre voix se joignit à la sienne… et dit :

– J'étais déjà là.
C'est moi que tu attends,
Moi qui t'adore,
Mais tu ne me vois pas.

Tous les regards se tournèrent vers ce lecteur. C'était Léon. Au contraire d'Ernest, Léon n'avait pas besoin de lire car il connaissait le poème par cœur.

Les invités échangèrent des coups d'œil étonnés tout en murmurant, puis se turent car Léon continuait, seul, à réciter les vers, sans quitter un seul instant Glorie des yeux.

– Plus tard dans le jardin, je t'ai vue avancer,
Cernée d'une nuée de papillons dorés.
Alors, ardemment j'ai souhaité
Que mon rêve devienne réalité
Que tu comprennes enfin
Que c'est moi que tu attends.

Débordant d'un amour enflammé,
Je souhaite, ô mon adorée,
Que tu me voies enfin.

Et ils restèrent ainsi très longtemps, les yeux dans les yeux.

Chapitre 25

Glorie et Léon ne faisaient plus attention au reste du monde.

Ils ne virent pas les invités se sourire. Ils n'entendirent pas la nouvelle qui se propagea à travers la salle de bal avant d'arriver aux oreilles du roi Éric et de la reine Eyrachi : le petit prince perdu avait été retrouvé.

Ils ne virent pas Ernest se faufiler dans la foule à la recherche d'une sortie. Ni la reine Georgiana essuyer une larme.

Ils ne virent pas non plus le roi Georges les regarder bouche bée. Mais ils l'entendirent s'écrier :

– Alors là, je n'y comprends plus rien. Notre poète serait donc un prince ?

– Mais oui, papa, dit Glorie sans quitter Léon des yeux. Léon est le prince Timoléon Séraphin Parfait Ericson de l'île du Croissant de Lune.

– Vous êtes le petit prince perdu ! s'extasia la reine. Comme c'est charmant ! Vous l'avez dit à vos parents ? Ils sont ici, vous savez.

– Pas encore, répondit Léon. Le choc a été trop brutal. Trop de souvenirs me sont revenus tout d'un coup. Avoir soudain un nom, une famille, une place dans le monde... J'aurais dû me précipiter dans leurs bras, bien sûr. Mais il fallait d'abord que je rejoigne la princesse, elle m'attirait, comme si... comme si...

Léon ne pouvait pas expliquer ce qu'il éprouvait.

Glorie était ravie. Elle avait trouvé le troisième prince. Elle savait que son quatrième vœu avait été exaucé. Et elle savait aussi pourquoi sa mère ne semblait pas surprise.

– C'est toi qui m'as donné ces graines magiques, n'est-ce pas, maman ?

– Oui, répondit la reine à voix basse. Après tout, elles avaient marché pour moi. C'est grâce à elles que j'ai trouvé ton père. Il l'ignore, bien sûr. Il croit que c'est lui qui m'a choisie.

Elle sourit avec tendresse en le regardant annoncer :

– Le souper sera servi dans l'antichambre.

Mais au moment où la foule des invités se ruait dans l'escalier, un cri retentit :

– Nous avons arrêté l'imposteur !

Glorie et Léon se retournèrent. Ernest se débattait entre les mains de deux jardiniers du palais qui l'avaient attrapé au moment où il essayait de se sauver. Tout le monde regarda le roi dans l'attente de son jugement. Le roi leva les mains au ciel et se tourna vers la reine. La reine haussa les épaules et se tourna vers Léon.

– C'est votre poème qu'il essayait de voler, ainsi que votre identité. À vous de décider de son sort, déclara-t-elle.

Léon parut surpris et ennuyé.

– Ernest est mon frère adoptif. Lui aussi était un enfant perdu de la forêt. Il ne sait pas qui il est.

Léon se tut et réfléchit pendant quelques secondes. La foule silencieuse attendit sa décision.

– Qu'il soit ou non un prince, finit-il par dire, ses parents sont sans doute très malheureux et le cherchent encore. C'est affreux de ne pas savoir qui on est vraiment. Et très triste.

Chacun se sentait maintenant désolé pour Ernest. Les jardiniers le lâchèrent, sans toutefois le perdre de vue, prêts à intervenir s'il faisait mine de s'échapper.

Léon continua :

– Nous avions tous entendu parler de la grande générosité de la reine qui emploie ceux qui se présentent au palais. C'est pour cette raison que nous sommes si nombreux, ici, à venir de la forêt. Et, bien sûr, nous avions tous entendu parler de la jeune princesse Glorie Eugénie Prudence.

Il se tut et regarda Glorie. Elle lui sourit en lui pressant la main.

– Continuez, continuez, fit le roi. Qu'allons-nous faire d'Ernest ?

– Il n'est pas aussi mauvais qu'il en a l'air. Il a besoin de continuer à rechercher son identité.

– Bon, eh bien qu'il parte alors, déclara le roi. Et maintenant, tout le monde à table !

Pendant que la foule des invités poursuivait son chemin vers l'antichambre, le roi dit à la reine :

– Cela signifie-t-il que nous devrons engager un autre poète, ma chère Georgiana ?

– Seulement s'il en vient un et qu'il frappe à la porte du palais, mon cher Georges. Mais Léon voudra peut-être conserver son emploi. Après tout, il est normal qu'un prince travaille de nos jours. Et il a l'air assez doué, surtout pour les poèmes d'amour.

– Mais alors, ma chère Georgiana, Glorie devrait travailler elle aussi.

– Certainement, mon cher Georges. Cela se fait aujourd'hui, et ce serait un bon exemple pour nos sujets. Toutefois elle doit d'abord achever son éducation.

Glorie et Léon n'entendirent rien de cette conversation. Ils se regardaient encore, les yeux dans les yeux.

Nous les laisserons là. Ils s'apercevront bien assez tôt qu'ils ont faim et qu'il est temps de passer à table.

L'AUTEUR

Rachel Flynn connaît beaucoup de filles et de garçons en quête de l'amour de leur vie, qui ne savent pas regarder autour d'eux. Ils s'obstinent à chercher leur idéal au loin alors qu'ils l'ont depuis longtemps sous les yeux.
Non seulement écrivain, Rachel donne des cours d'écriture à Melbourne, en Australie. Depuis qu'elle écrit des livres pour la jeunesse, elle est devenue l'un des auteurs favoris des enfants australiens.
On ne sait pas si, un jour, elle a reçu des graines magiques pour son anniversaire, mais elle est mariée et a deux grands enfants...

L'ILLUSTRATRICE

Nadine Van der Straeten dessine depuis vingt ans. Si son cœur balance entre l'illustration et la bande dessinée, elle aime avant tout raconter des histoires du bout de son crayon.

Depuis ses études à Strasbourg sous la houlette de Claude Lapointe, elle collabore étroitement avec de nombreux magazines et éditeurs pour la jeunesse. Elle réalise également des pochettes de disques et ne déteste pas écrire quelques chansons.

Nadine van der Straeten vit actuellement en région parisienne.

Retrouvez la collection
Rageot Romans
sur le site www.rageot.fr

Achevé d'imprimer en France en février 2008
sur les presses de l'imprimerie Hérissey
Dépôt légal : mars 2008
N° d'édition : 4660 - 01
N° d'impression : 107273